KB215432

자기조직화개론

이규열
시집

자기조직화 개론

솔
시선
37

글은 삶보다 위선적이다

경계에 머물러 살기를 원했으나
경계와 중심의 구분만 가르다가
삶을 탕진해버린 한 남자를
40년 넘게 지켜봐온 아내에게
이 시집을 바친다

2025년 3월

이규열

| 차례 |

시인의 말… 5

제1부

자기조직화 개론 1 … 12

자기조직화 개론 2 … 14

자기조직화 개론 3 … 16

자기조직화 개론 4 … 18

자기조직화 개론 5 … 20

자기조직화 개론 6 … 22

자기조직화 개론 7 … 24

자기조직화 개론 8 … 25

자기조직화 개론 9 … 27

자기조직화 개론 10 … 29

자기조직화 개론 11 … 31

자기조직화 개론 12 … 33

자기조직화 개론 13 … 35

자기조직화 개론 14 … 37

자기조직화 개론 15 … 39

제2부

잉여골 사랑 ⋯ 42

인연 ⋯ 44

금, 금정, 금정산 ⋯ 45

말씀과 은유 ⋯ 46

그대의 일상은 나의 환상입니다 ⋯ 48

그대의 일상은 나의 슬픔이고 고통입니다 ⋯ 49

벚꽃은 지는데 ⋯ 51

위대한 하루 ⋯ 52

풍경의 진화 ⋯ 53

독서의 재발견 ⋯ 55

그림자, 그늘 ⋯ 57

가을 기도 ⋯ 59

바깥 길 1 ⋯ 60

바깥 길 2 ⋯ 61

제3부

세월아 죽음아 ⋯ 64

한여름 밤의 꿈 ⋯ 65

무기질 바람, 유기질 사랑 ⋯ 67

힘들게, 쉽게 ⋯ 69

코기토, 사랑 ⋯ 71

마스크족 인간 ⋯ 72

구름감옥 ⋯ 74

사랑은 경계에 서서 ⋯ 77

존재의 재발견 ⋯ 78

문학은 음악의 말귀다 ⋯ 81

위험한 달 ⋯ 83

욕망은 상처처럼 봄을 부르고 ⋯ 84

시가 나를 바라보네 ⋯ 85

여름은 가는데 ⋯ 87

안개 속의 전투 ⋯ 88

해설 정효구 ⋯ 91
의정疑情 속에서 창발된 시학과 우주론

제1부

자기조직화 개론 1

따뜻한 공기가 찬 공기로 흘러들어가는
기류의 변화에서 사랑은 시작되었다

치명적이고 매혹적인 원자와 분자의 배열 속에
사랑이 스며들어 유전자가 생기고
스스로 자기조직화되는 유전자의 배열이
장기를 만들고 인체를 만들고 우주를 만들었다

그대와 나는 세포분열처럼 우연히 만났지만
그 만남을 지속시켜주는 건
끊임없이 증식하는 호르몬 같은 삶의 의지 때문이다

오늘도 누군가는 죽고 누군가는 태어나지만
이만 개의 유전자 중 활동 가능한 삼백여 개의 유전자만이
우리의 오늘 하루를 지탱시켜준다

삼백만 년간 죽고 죽어간 일만구천칠백 개의 유전자는
인류의 역사가 되어 우리 몸속에 남아 있지만
세포의 생성과 소멸이 동시에 일어나듯이

사랑이 시작되는 몸속 어느 한구석에서 사랑은 죽어가고
오늘 살아 있지만 오늘 우리는 또 죽어간다

마침내 사랑이 우리 모두의 자부심이 되고
의지가 되고 배려가 되고 노동이 되어서
하루가 되고 일상이 되고 역사가 되듯이
기류의 변화는 점점 켜져 바람이 된다
바람은 사랑을 통해 우리를 탄생시키고 증식시키지만
사랑은 또 우리를 바람처럼 소멸시켜준다

따뜻한 공기가 찬 공기로 흘러들어가는
기류의 변화에서 소멸은 시작되었다

자기조직화 개론 2

> 물과 빛과 물질끼리의 당김만 있으면
> 생명은 어디서나 만들어진다
>
> ―스티븐 호킹

우리의 사랑은 선택이었을까
사랑은 당김이고 당김은 중력이다
그대와 나의 당김은 선택이었을까

바람의 힘으로 사랑은 시작되었고
사랑의 힘으로 만난 정자와 난자는
수정에 성공한 지 삼 주 만에 배엽이 생기고
사 주 만에 장기가 되기 위한 구역화에 들어간다

바람의 힘으로 사랑은 시작되었지만
사랑을 지속하려는 의지와 노력이
호르몬을 만들고 피를 만들고
심장을 만들고 뼈와 관절을 만든다

우리의 당김은 사랑이었을까

지속되는 사랑은 빛과 물의 도움을 받아서
눈을 만들고 귀를 만들고 입을 만들고
지식을 만들고 지혜를 만든다

사랑은 욕망이었다가 절제였다가
사랑의 세포는 생성이었다가 소멸도 일으킨다
당김은 세포증식 같은 욕망에서 출발하니
욕망에 근거하지 않는 생명이 어디 있으며
하물며 사라지지 않은 생명이 또 어디 있느냐

우리의 사랑은 선택이었을까
소멸되어가는 우리의 사랑은 어디서 또 생겨나
육체를 만들고 정신을 만들고
지구를 만들고 우주를 또 만들까

자기조직화 개론 3

천 마리의 기러기 떼가 사각편대를 이루어 떼 지어 남쪽으로 날아간다 한 마리의 기러기가 천 마리의 기러기를 조율하고 천 마리의 기러기 집단이 한 마리의 기러기를 조율한다

만 마리의 정어리 떼가 바닷속에서 떼 지어 헤엄쳐 가다가 상어가 나타나면 일제히 흩어졌다가 상어가 사라지면 다시 처음 모양으로 떼 지어 만난다 한 마리의 정어리가 만 마리의 정어리 떼를 조율하고 만 마리의 정어리 집단이 한 마리의 정어리를 조율한다

십만 마리의 메뚜기 떼가 거대한 집단을 이루어 들판의 곡식을 습격한다 한 마리의 메뚜기가 십만 마리의 메뚜기 떼를 조율하고 십만 마리의 메뚜기 떼가 한 마리의 메뚜기를 조율한다

한 마리 기러기의 날갯짓이 주위 기러기의 날개에 영향을 미쳐 비행을 조종한다 한 마리 정어리의 지느러미 움직임이 주위 정어리의 유영을 조종한다 한 마리 메뚜기의 더

듬이와 날개가 만드는 파동이 주위 메뚜기의 이동을 조종
한다

　한 인간의 생각 한 조각이 인류의 집단사고에 파장을 일
으키고 오늘 하루 당신의 삶이 인류 역사 삼백만 년의 연결
고리가 된다

　개체가 집단을 조율하고
　집단이 개체를 조율한다

　태양이 주위의 행성 궤도를 조율하고
　행성 하나가 은하계 전체 질서를 조율한다

　당신이 나를 조율하고
　내가 당신을 조율한다

자기조직화 개론 4

남의 삶에 대해 행복하세요라고 말해선 안 된다
우리의 삶엔 행복 총량의 법칙이 있어
누군가 행복한 만큼 다른 누군가는 불행해진다

우리 삶에 희망이 전략이 아니듯
행복도 불행도 결과가 아니다

살아오면서 행복하다고 느끼는 순간
그만큼의 불행이 늘 숨어 있었다
같은 테두리 안에서 생성과 소멸이 순환하듯이
불행과 행복도 언제나 같은 상황 같은 공간에서 일어났다

같은 침대에서 사랑과 미움은 번갈아 생기고
같은 식당에서 이별과 만남은 예고 없이 찾아왔다
삶이 무거운 사람은 불행의 무게가 무거운 것이고
삶이 가벼운 사람은 불행의 가치를 모르는 것이다

행복하다고 느끼는 순간
어쩌면 불행이 오려고 행복이 먼저 온다는 것을

이제는 깨달아야 한다

누군가 만날 때 안녕하세요라고 말해선 안 된다

자기조직화 개론 5

숲을 다 태우고 나서야 꺼지는 산불처럼
삶을 다 소진하고 나서야
삶은 시작된다

새로 시작되는 일상 속
오감을 통해 뇌로 들어온 정보는
사유의 기간을 거쳐 지식과 지혜가 되고
새로 시작되는 만남 속
오감을 통해 들어온 당신의 정보는
호르몬과 효소의 분해작용을 거쳐 사랑이 되지만
때로 분노와 좌절의 원인이 된다

눈을 통해 당신의 모습을 보고
귀를 통해 당신의 목소리를 듣고
입을 통해 나의 생각을 당신에게 말한다
아아 손을 통해 당신을 느끼고
코로 당신의 냄새에 취한다
나의 오감은 당신과의 소통을 위해 있지만
소통을 유지시키려는 의지는

사유를 거친 지식과 지혜의 산물이다
의지의 산불이 다 꺼지고 나면
당신의 정보는 다 사라지겠지만
새로 시작되는 일상과의 만남에서
새로운 정보와 의지는 또 시작된다

오감이 우리 몸의 정보 수용체이듯
당신과 나는 우주의 정보 수용체이다
오감의 정보가 소진되면
또 다른 생명이 시작된다
우주의 오감을 통해

자기조직화 개론 6

지구의 자전이 일상을 만들고
지구의 공전이 세월을 만든다

매일 시작되는 세월은
봄엔 불멸을 꿈꾸게 하고
가을엔 무상을 느끼게 하지만
매일 시작되는 세월은
잘못과 용서를 번갈아 주면서
본성과 인성을 담금질해왔다
알면서도 행해지는 끊임없는 실수를
세월은 비를 내려 씻어주기도 하고
몰라서 주고받은 우리의 상처를
세월은 눈을 내려 덮어주기도 했다

일상에서 피어난 사랑은
세월을 잊게도 만들었지만
일상이 만들어낸 세월도
사랑을 잊게 만들었다
때론 사랑으로 다가오기도 하고

때론 증오와 질투로 다가오기도 하는 세월은
하루와 한 계절과 한 세대를 흘려보내고
또 새로운 하루와 새로운 계절을 보내준다

지구의 자전이 일상을 만들었고
지구의 공전이 세월을 만들었다

자기조직화 개론 7

길을 찾아 나섰을 때
우린 이미 실종되었고
바다에 들어섰을 때
우린 이미 난파선이었다

지구와 우주는 정해진 길을 가고 있었으나
존재 자체가 욕망인 우리는
형태는 조금씩 바뀌어져 갔으나
본성은 바꾸지 못한 채
지도에 없는 길을 찾고 있었다

길은 애초에 있었으나
길을 찾을 수 없었고
바닷속 하나 헤아리지 못한 우리는
우주로 우주로 욕망을 쏘아 올렸다
그렇게 우리의 여섯 번째 죽음은
조금씩 다가오고 있었다

자기조직화 개론 8

—화석일기

가을이 오자 세월은 멈추었고

겨울이 왔는데도 멈춘 세월은 움직이지 않았다

지난 세월 속에 언제나 그랬듯이

끈질김이 다양함을 이길 수 있다고

스스로 세뇌하며 세월을 달래보지만

볼 수 있는 것만 보아왔고

들을 수 있는 것만 들어왔고

말할 수 있는 것만 말해왔던

인내와 관습의 지난 세월은 이제 더 이상

아무 소용 없는 세상이 되었다

세상은 바뀌었는데도 일상은 바뀌지 않으니

계절이 바뀌어도 세월은 동요하지 않았다

아이는 크지 않았고 어른은 늙지 않았고

모두 조금씩 조금씩 굳어만 가고 있었다

아이와 어른의 구분이 없어지고

모든 어제는 모든 내일과 동의어가 되어가니

봄이 와도 사랑은 새롭지 않았고

여름이 와도 생명은 신성하지 않았다

바쁘게 움직이는 것일수록

굳어가는 속도도 빨라져갔고
세상 전체가 화석이 되어가는데도
우리만 모른 채 이렇게 외쳤다
'와 세상은 너무 빨리 변해가는구나'
봄이 오니 일상이 멈추었고
여름이 가는데도 가을은 오지 않았다

자기조직화 개론 9

힘들어 마라
누구에게나 공평하게
이제 세상은 멈추어 설 것이다

태어나는 순간 욕망은 제한당했고
살아가는 동안 희생은 본능이었다
반복되는 본능은 관습이 되고
관습은 쌓여서 복종을 야기했다
일상은 복종의 연속이었으며
관습이 자유로움을 이길 수 있다고
복종의 세월은 가르쳐왔지만
이제 아무 소용 없는 세상이 다가온다

누구는 삶을 의자에 빗대고
누구는 세상을 파도에 비유했으며
복종의 세월에도 꿈틀거리는 뜨거움은 있었고
관습의 세월 속에서도 비상을 꿈꾸었지만
이제 누구에게나 공평한 세상이 온다

겨울이 와도 춥지 않고
여름이 가도 비는 그치지 않으니
물의 혜택을 받는 곳은 물난리로
땅의 혜택을 받는 곳은 불난리로
세월은 곧 멈추어 설 것이다
디디고 선 땅속 하나 바닷속 하나 헤아리지 못하면서
우주로 탈출을 꿈꾸는 거친 욕망이여
존재를 위해 타자의 삶을 빼앗는
수천 년간 걸어왔으나 변하지 않는 존재의 욕망이여

이제 힘들어하지 마라
모두에게 공평한 세상이 올 것이다
바람의 힘으로 물의 힘으로 불의 힘으로
때론 우리 얼굴의 모습으로

자기조직화 개론 10
―살아오면서 가장 강력한 적은 나의 자아였다

나는 누구인가
유전자의 조합이 세포를 만들고
효소와 호르몬을 매체로 장기가 만들어지고
장기를 통해 들어온 정보가
시간의 도움을 받아 지식과 지혜가 되고
자아가 만들어진다

착하게 사는 게 무엇입니까
―시인이 된 지 30년이 지나도 아직 모르겠느냐
바르게 사는 것이 무엇입니까
―의사가 된 지 40년이 지나도 아직 깨닫지 못했느냐

20년 전 어느 시에서 나는 이렇게 썼다
―시인보다 못한 의사도 많이 만났고
의사만도 못한 시인도 많이 만났다

은유와 비유가 가득한 삶 속에서 진리란 무엇입니까
―너의 삶 속에 스며들어간 나의 욕망이
은유가 되고 비유가 되었는 줄 모르느냐

은유를 감추고
비유를 숨기며 살아온 날들이
한참 흐르고 나서야 깨달아지는 바보 같은 삶
나였다
시인보다 못한 의사가 나였고
의사만도 못한 시인이 나였다

깨달았으나 행동하지 못했고
느꼈으나 형상화하지 못한 언어들
쉬지 않고 달려왔으나
쉬어 가는 철새만도 못한
나는 누구인가

자기조직화 개론 11

남은 시간만 다를 뿐
우린 모두 시한부 인생이었다

모든 세포는 생성과 소멸의 길을 동시에 걷고
일상도 생성과 소멸을 겪으며 세월이 된다
아 생성의 충만함이 넘쳤던 청춘이여
청춘은 빛났으나 그 시간은 길지 않았고
소멸의 시간을 맞아 퇴화와 질병의 긴 시간을 겪으며
육체의 유한함이 세월에게 가르친다

우리가 서로에게 중독되어
함께 일상을 만들고
그렇게 중독된 일상이 세월을 만들지만
함께한 세월 속에서 겪었던
치유되지 않은 상처도
호전되지 않은 고통도
언젠가는 모두 사라진다
오감을 통해 들어온 정보도
전광석화처럼 빛났던 화려한 지혜도

처음의 백지상태로 돌아간다

서두르지도 말고
초초해하지도 말아라
남은 시간만 다를 뿐
우린 모두 시한부 인생이다

자기조직화 개론 12

우린 모두 관계 속에 얽매여

비로소 존재하지만

관계에 중독된 우리는

탈출하지 못하는

거미줄에 걸린 파리였다

친구 관계가 좋아야 한다

부부 관계가 좋아야 한다

형제 관계가 좋아야 한다

동료 관계가 좋아야 한다

얽매이지 않고서는 만족하지 못하는 우리는

관계의 절박함 속에서

세월을 견디어왔다

그러나 절대고도에 올라가서야

존재 이유를 깨닫는 산악인처럼

오십구 세에 유배되어 절대 고독 속에서

세한도를 만드는 추사처럼

자연 속에서 존재는 또 다른 의미를 부여하지만

그렇게 깨달은 절대가치의 존재는

다시 일상으로 돌아와

타인과의 관계에 의해

서서히 해체된다

거미줄에 걸린 파리처럼

우주의 관계망에 엮어지고 묶어져

관계를 견디고

세월을 견디어낸다

부자 모녀 관계가 좋아야 한다

선후배 관계가 좋아야 한다

욕하는 동료와 관계가 좋아야 한다

가해자와 관계가 좋아야 한다

자기조직화 개론 13

나는 아무것도 아니다

정자와 난자가 만나 수정이 되고 그렇게 만들어진 배아는 삼 주 만에 장기의 전 단계인 중배엽이 된다 사 주가 되면 중배엽은 사십사 개의 체절somite이 되어서 각각의 장기로 분화되어간다 이 엄청난 세포분열에 관여하는 특이한 인자가 있다고 추정되고 일부 학자들은 CPH4라고 부르나 아직 밝혀지지 않고 있다

나는 아무것도 할 수 없다

폭발적인 세포의 확산과 분열 속에 이만 개의 유전자가 만들어지고 이 유전자들은 아홉 개의 연결망인 부울리안 네트워크를 형성하여 인체에 직접적으로 작용하는 이백오십여 개의 마지막 유전자 형태로 귀결되어진다 현재 거의 완성되어진 유전자 지도의 시작은 컴퓨터와 마찬가지로 두 개의 기호로 시작되었다 이만 개의 유전자 중에서 현재 활동하는 이백오십여 개의 유전자를 빼고 몸에 남아 있는 일만구천칠백여 개의 유전자는 삼백만 년이 된 현 인류의 역사다

나는 아무것도 아니며 모든 것이다

우주의 시스템인 계는 서로 상호작용을 하며 보완 연결되어 있는데 정치계, 경제계, 문화계 같은 개념적인 계에서 우주계, 의료계, 생태계 같은 물리적인 계에 이르기까지 모든 계의 출발은 혼돈이었다 정례화되지 않은 계와 사물의 존재 이치는 혼돈과 창발과 자기조직화에 의해 서로 작용하고 연결되어진다

나는 아무것도 할 수 없으며 모든 걸 할 수 있다

만물을 연결 짓는 관계망 속에서 부분이 전체가 되고 전체가 부분이 되는 순환은 계속되며 생성과 소멸도 동시에 진행된다 만델브르트우주론에서 밝혀진 만물의 연결고리 이론은 화엄경의 인드라망 이론으로도 이미 밝혀져 있으며 나는 우주가 되고 우주가 나의 몸이다

나는 아무것도 아니며 아무것도 할 수 없으며 일어나는 모든 우주만물의 현상과 이론들과 함께 연결되어 있는 모든 것이며 모든 걸 할 수 있다

자기조직화 개론 14

경계에 머물러 살기를 원했으나
나의 경계가 그대의 중심인 걸 알고는
거미줄처럼 연결된 삶의 형태를 보았다
얽혀 있는 우리의 삶이 신기하고 슬펐으나
진짜 슬픈 건 경계에만 머무르고
바깥으로 나가지 못하는 나의 삶이었다
거미줄 같은 인연에 꽁꽁 묶여서
아파서 더 이상 나아가지 못하는 우리 삶이었다

고통이 있다는 건
살아 있다는 증거이고
상처를 받는다는 건
치유의 여백을 남겨주는데
세월의 질투와 시간의 시기 속에
하루를 평범하게 사는 게
진리를 찾는 공부보다 힘들고
중심에서 변두리로 나가는 삶이
바깥에서 중심으로 들어오는 삶보다 힘들었다

경계에 머물러 살기를 원했으나
경계와 중심의 구분만 가르다가
삶을 탕진해버렸다

자기조직화 개론 15

당신은 누구십니까
당신은 만드는 자이면서 이미 만들어진 자입니다

당신은 누구십니까
당신은 정신이며 동시에 물질입니다
당신은 유기체이며 동시에 무기체입니다
당신은 누구십니까
당신은 생성이며 동시에 소멸이고
당신은 성장이며 동시에 노화이며
당신은 질병이며 동시에 치유입니다
당신은 누구십니까
당신은 기술이며 동시에 예술이며
당신은 도구이며 동시에 문화이며
당신은 혼돈이며 동시에 창조입니다

당신은 누구십니까
당신은 나이면서 동시에 당신입니다

제2부

잉여골 사랑

이것도 사랑입니까
식사는 하루 세 번
출근은 일주일에 육 일
출근 시 마시는 공기
책상에 앉아 마시는 물
만나면서 건네는 인사말
그러면서 칼을 쥐고 돌아오는 일상

이것도 사랑입니까
모든 색은 합쳐서 검은색이 되고
모든 빛은 합쳐져서 흰빛이 되고
검은색과 흰빛의 출발이 같다는 걸 깨닫고
시도 사랑도 부질없을 때
시가 변하겠느냐
서정시 아닌 시가 어디 있느냐
사랑이 변하겠느냐
욕망이 아닌 사랑이 어디 있느냐
흰 욕망도 일상을 거치며 검은 사랑이 되고
검은 사랑도 세월을 지나서 흰 욕망이 되는데

이것도 사랑입니까
아무것도 아닌 사랑
없어도 되는 사랑
이것도 사랑입니까
이런 사랑도 칼을 쥐고
일상처럼 돌아올 겁니까

인연

누군가의 장례식장에 가서

고인의 영정 앞에서 눈물이 나는 건

그의 죽음이 슬프거나

그가 그리워서가 아니라

세속에서 그와 함께 쌓아왔던 인연이

고무줄처럼 팅겨 날아가 눈을 때리기 때문이다

그와 나눈 말이 생각을 지배해왔고

그가 보낸 생각이 관계를 유지해왔으므로

그렇게 맺어진 생각과 관계가 갑자기 툭 끊어져

그렇게 팅겨져 나간 인연이 순식간에 사진 한 장으로 남아

덩그러니 앞에 놓여 있기 때문이다

금, 금정, 금정산

몰랐습니다
동문에서 체력을 단련하고
서문에서 친목을 도모하던
나를 위해 우리를 위해 올랐던 이 산이
치유의 능력으로 우리를 품어주고
상생의 가르침으로 세월을 견디게 해준다는 걸
몰랐습니다
규범과 관념을 넘어서는 해탈이
가정에서 사회에서 깨우치지 못한 본성이
이 산의 품 안에서
조금씩 우리 몸에 스며들어왔음을
조금씩 진화하고 있었음을
몰랐습니다
사회로부터 국가로부터
버려질 대로 버려진 우리 모두가
마지막 올라가 쉬다가
눈물 흘리며 내려오던 곳
죽음마저 품어주면서
우리를 용서해주던 곳임을
몰랐습니다

말씀과 은유

27권은 말씀의 기록이었고
39권은 은유의 기록이었다
기록은 기억보다 위대했으나
기억에 의존하는 용서와 화해는
반복되는 용서와 화해는
말씀의 공허함을 키워갔다
기억 속 좋고 나쁨의 대립은
기록 속 선악의 기준이 되어가고
통성기도와 방언을 키워갔다
또한 일상이 말씀에 치우칠수록
은유는 말씀의 그늘 속으로 파묻혀갔다
이성에 치우친 말씀과
감성에 치우친 은유가
합일화되는 순간을 기다렸으나
이미 삶은 기울어져가고 있었다
말씀과 은유의 빛이 바래져갈수록
본성의 순간은 오지 않았고
자아와 의식도 일치하지 못했다
낮의 시간이 지나고 밤의 시간이 왔으나

사랑의 노래는 점점 식어가고
말씀의 충만함은 이제 어느 누구 하나 용서하지 못했다
아아 용서와 화해가 은유임을 깨달았으나
그렇게 삶은 조금씩 저물어갔다

그대의 일상은 나의 환상입니다

구름은 하늘에 있고
파도는 바다에 있습니다
그걸 알면서도 우리는
길 위에서 구름을 잡으러 다니고
집에서 파도를 일으킵니다

그대는 내 마음에 있습니다
마음 밖 그대는 그대가 아닌 줄 알면서도
마음 밖 그대를 탓하면서
마음 속 그대를 괴롭힙니다
마음에도 없는 구름과 파도를 데려와서는
그대 탓을 합니다
마음 밖 그대의 일상은
나의 환상입니다

그대의 일상은 나의 슬픔이고 고통입니다

생명의 근원인 피는
혈관 안에서만 그 기능을 합니다
혈관 밖으로 나온 피는
고통과 상처를 의미합니다

나의 사랑도 그대 안에서만 가능합니다
그대 밖에서 만나는 슬픔은
스스로 발효하는 일상의 음식입니다
고통은 그대 일상 속 사랑이라는
음식을 먹고 나서 발부되는 계산서입니다

그대 마음을 떠나서
가야 할 곳이 없다고 좌절하는 것은
그대 마음 속 돌아갈 곳이 없다는 의미입니다
그대 마음 속 일어난 일을 잊을 수 없어서
그대 마음 밖 일어날 일을 알지 못해서
고통과 상처는 하루하루 나의 일상이 됩니다
마음 밖 그대의 일상은
나의 슬픔이고 고통입니다

그대라는 혈관을 벗어난 나의 피는

이제 질병이고 죽음입니다

벚꽃은 지는데

함박눈처럼 쏟아지는
벚꽃 지는 거리에는
존재의 울컥함이 있다
화려한 죽음에 맞서는
실재계의 슬픈 얼굴이 있고
피안 너머의 쾌락에서 만나는
삶의 우연한 충동이 있다
벚꽃은 지는데
죽음은 실재계인데
이 모든 게 우연이라니
벚꽃은 아름답게 지는데
도덕과 향략이 같은 뿌리라니
벚꽃은 펑펑 쏟아지는데

봄은 존재하지도 않았다

위대한 하루

어두운 새벽 집을 나서면
속절없는 하루는 또 시동을 건다
죽어가지만 그 사실을 모른 채 살아가는 것들을
사랑하게 만드는 오늘 하루는
새벽을 지나온 빛의 재현 속에
어김없이 우리를 가르친다
비워야 채울 수 있다
그러나 누구라서 알겠느냐
끝없이 얽혀 있는 씨줄과 날줄의 일상 속에
비워야 할 때가 언제인가를
어디까지 비워야 다시 채울 수 있는가를
고요와 혼란이 뒤섞인 채
생성과 소멸은 끝없이 반복되는데
들숨과 날숨의 노동 속에 하루는 스며들고
누구라서 알겠느냐
죽어야 다시 살아날 수 있음을 가르치는
그대의 하루가 공양이고
우리의 하루가 종교인 것을
아, 어김없이 시작되는 오늘 하루는
또 얼마나 섬뜩하고 위대한지

풍경의 진화

바다와 관계 맺고 싶어서

비둘기를 키우는 소년이 있었다

바다의 풍경 속에서

소년이 꿈꾸어온 건 연민이지만

비둘기가 소년에게 가르쳐주는 건

풍경을 통한 존재의 욕망이었다

바다의 햇살 속에서 비둘기와 함께

소년의 세포들은 분열되고 번식해왔지만

늘어나는 세포와 욕망의 크기만큼

소년의 꿈은 줄어들고 있었다

세월이 흐를수록 욕망은 스스로 진화하고

돌아가신 아버지가 말했다

"같이 밥을 먹어야 食口다"

소년은 어른이 되고

같이 밥을 먹지 않은 식구들과

존재의 욕망과 소유의 욕망을 나누어 가졌지만

욕망은 욕망으로서만 전이될 뿐

떠나간 식구들은 돌아오지 않았다

비둘기가 사라져버린 바다에서

연민으로 포장된 욕망은 통제되지 않은 채 높아져가고

바닷가 팻말엔 다음의 글만 남았다
"비둘기에게 모이를 주지 맙시다
비둘기 배설물에서 나오는 균은
호흡기를 통해 인간에게 전염됩니다"

독서의 재발견

눈물이 나를 버렸다
아무것도 아닌 것들 사이로 증오는 자라고
증오와 증오의 틈새 사이로
상처가 숨어 있었다
아무것도 아닌 것들과 교류하며
기억은 서서히 사라져갔다

모든 기억은 언젠가 사라진다
사라지지 않는 기억은
기억의 오라로 덧씌워진
깊은 상처들이다
모든 기록은 상처의 재현이다
상처로 가득 둘러싸인 방은
눈물로만 치유될 수 있고
물질이 주체화된 방 바깥으로 나가면
상처는 쉽게 기화되어 사라진다

눈물마저 나를 버리고
상처마저 제한된 공간에서만 재현된다면

기록도 언젠가 사라질 것이다
이미 사라져버린 기억과 함께
서서히
서서히

그림자, 그늘

나의 그림자가 태양 때문이 아니고
나의 존재 때문에 생긴다는 걸 깨달을 즈음
시인은 무신론자가 된다
시인이 무신론자가 되는 또 다른 이유는
언어를 가지지 못한 동물들 때문이다
그들 방식만의 고통과 교감 때문이다
시인의 그림자에 깃든 고통과
울음만이 유일한 언어인 동물의 그림자와
바닷가 풍경이 만든 그림자에 스며 있는 연민이
모두 한 그늘이라는 걸 알았기 때문이다

누군가의 아픈 그림자가
누군가에겐 연민의 그늘이 되고
어쩔 수 없는 나의 존재가
누군가에겐 고통의 그림자가 된다는 걸 알고 나서야
단지 더 나은 생을 위해 또는 다음 생을 위해
사유하고 반복된 언어로 은유한다고
시인의 존재가 자유롭지 않다는 걸 깨닫게 된다
그림자까지 그늘까지 자유로워지려면

욕망의 근원인 태양의 고독과
존재의 근원인 지구의 고독에 비하면
시인의 고독은 아무것도 아니라는 걸
깨달아야 한다

나의 고독은 지구의 고독에 비하면 아무것도 아니다

가을 기도

주여, 여름 생물은 번식을 통해 영생을 얻었고
이제 가을이 오면
근육과 장기들을 쉬게 하고
세포 하나하나를 열어 보이겠나이다

주여, 너무 많이 받았던 지난 여름에게
변명처럼 돌려줘야 할 것들을 점검하고
세포 하나하나에서 뜨거웠던 소유와 존재를 끄집어내어
가을 강물에 흘려보내드리겠나이다
돌려보내며 깨닫겠나이다
삶은 끝나지 않는 변명의 연속이고
번식은 영생의 또 다른 은유였다고

주여, 가을이 오면
믿음은 또 다른 믿음에 의해 무너지고
너무 많이 받았다고 깨달았을 땐
이미 돌려줄 것이 아무것도 없을까 두렵나이다

주여, 우리는 우리가 하는 짓을 아직도 모르나이다

바깥 길 1

다시 쓰기 시작해야 하는 밤이다
낮에 걸어온 길에서 벗어나
밤이 되어야만 항문과 구강의 위치가 없어지고
밤이 되어야만 손과 발의 역할이 불분명해지고
주체와 객체의 습관에서 벗어나
자아와 무의식의 차이가 없어지고
이기와 이타의 순서가 뒤바뀌며
밤이 되어야만 순수와 혼탁이 동시에 들어오고
밤이 되어야만 상처와 치유가 동일시되는
아아 밤이 되어야만 쓸 수 있는
이 지독한 정신적 자위행위는
길을 벗어났지만
언제나 경계에서 머무는
이 찬란한 외도는

外道가 오래되면 正道가 되듯이
오래된 밤은 이미 낮이다

바깥 길 2

밤으로 가는 환승역이다 낮은

어디로 가는 전철인지도 모르고
타는 것처럼 아침은 시작되고
어디를 가야 하나 깨달을 때쯤
하루는 훌쩍 속살을 드러낸다
쉽게 유혹당하는 비만한 일상 속에서
어디쯤 왔을까 뒤돌아보면
씩 웃으며 사라지는 길들
사이로 지나치는 역마다 만나는 화두들
어디서나 지난 삶과 다음 삶은 다른 이름인데
지나간 일상은 언제나 낮았기에 다음 일상으로 올라가
야 하는
높이 올라가는 그 이유가
단지 낮아지기 위해서라면
창 너머 길 위로 번지는 안개를 걷어내고
사리와 분별이 탈각된
낮에는 보이지 않는 길
그 길이 잘못된 길이라 해도

이제는 포기할 수가 없다

밤으로 가는 전철을 갈아타기 위해
뛰어야 한다 낮에는

제3부

세월아 죽음아

한두 사람의 잘못으로
그 큰 배가 가라앉고
수백 명의 학생이 희생되었다면
이렇게 무심하게 비가 오고 해가 뜰 리가 없다
날이 밝아도 슬프고 밥을 먹어도 슬픈
하염없는 죄의식 속에서
정확한 이유도 원인도 모른 채
누군가는 죽고 누군가는 하루를 보낸다
이제 보이는가 이제 들리는가
살아가는 우리 모두의 잘못으로 가려진
섬뜩한 일상
속에 가라앉은
우리 모두의 업보

누군가가 저지른 세월 속의 잘못으로
누군가는 죽음을 맞이한다

한여름 밤의 꿈

죽은 막내 누이가 꿈에 나타나
너무 많이 가졌다고 나무라던 밤이었다
적막을 때리는 빗소리에
소스라치듯 우두커니 깨어서
입가에 묻은 회한의 침을 닦으니
옆에 누운 아내의 옆구리가 서늘하다
가지려고 애쓰지 않았는데
돌아갈 수 없어 앞으로만 갔을 뿐인데
학회니 연구소니, 가던 길의 언저리일 뿐인데
대학도 못 마치고 죽은 누이에게는
탐욕이고 잉여고 허영이었구나
비가 새던 보건지소 방벽에 도화지를 붙여서
신춘문예 응모작을 쓰고 고치던 이십 대가
시를 쓰지 않겠다고 각서를 쓰고
잠도 없이 수술과 술로 보내던 삼십 대가
두 갈래 길을 줄타기하듯 달렸던 사십 대, 오십 대가
한바탕 소낙비가 되어
너무 많이 가졌다고 귀청을 때리는 한여름 밤
아아 꿈속에서는, 죽은 누이에게는

앞으로 가는 것조차 과유불급過猶不及인 것을
머무는 법을 배우지 못한 우둔한 동생에게
머무는 것은 늦었고
돌아가는 법을 배워야 한다고
돌아가야 한다고 말하는데
누이여, 한여름 밤의 꿈 같은 시원詩原이여
가르쳐다오 돌아가는 법을
원래 한 길이었던 그 길로 돌아가는 법을

무기질 바람, 유기질 사랑

수직으로 오르려는 자
수평으로 쓰러지고
중심으로 달려가는 자
경계 바깥으로 튕겨 나가니
공기의 진동과
물의 흐름을
몸으로 느끼지 못하는 자는
무기길 바람이 만드는
유기질 사랑을 얻지 못한다

바람이 나를 키운 게 아니라
바람이 나를 낳았다
혼돈과 암흑 속에서
미세한 공기의 이끌림이 시작되고
그 당김으로 물질과 생명이 만들어진다면
공기의 진동인 바람은 생명의 근원이다
보이지도 만져지지도 않는 무기길 바람이
이슬 같은 인연과 햇살 같은 자유의지의 도움으로
유기질 사랑을 만들고

당신을 만들고
시를 만들고
세상을 만든다

무기질 바람이 만드는 유기질 사랑 속에는
수직과 수평이 한울림이고
중심과 바깥의 경계가 없고
혼돈과 질서가 한순간이다

바람이 분다
또 누군가 태어날 것이다

힘들게, 쉽게

힘든 일은 어디서나 만난다
사람을 만나는 일 만나서 말하는 일 말하고 이해시키는 일
매일 반복되는 이런 일이 힘든 일이지만
별 의미 없이 쑥쑥 지나간다
이해했을 거라 착각하면서
힘든 일은 어디서나 만나지만
문득 기억나는 옛 가수의 노랫말처럼
우연히 이루어지는 것 같지만
기실 이해되는 것은 아무것도 없다
힘든 일은 외면당하면서
쉬운 일처럼 매일 지나치지만
힘든 일은 머릿속 가슴속에
깊숙이 스며들어 숨어버린다
숨어서 차곡차곡 쌓인다
한 여자를 만나고 자식을 낳고
너는 또 어느 쓸쓸한 사랑의 부산물이냐고
왜 갑자기 우리 관계가 이렇게 되었냐고
발생학적으로 묻고 신화적으로 결론지으며
사랑하기도 쉽고 사랑 잊기도 쉽다면서

이렇게 힘든 일은 쉽게 지나간다
기억하라 숨어 있는 힘든 일의 찌꺼기가
뇌 속에 심장 속에 쌓이고 쌓여
부풀어 올라 어느 날 터져버리면
응급실 침대에 누워
뇌경색이며 심근경색이며 진단받으며
우리는 또 쉽게 잊혀져갈 것이다
응급실 의사에겐 힘든 일도 아닌
우리 생의 마지막 모습은
그렇게 쉽게 침대에서 맞이할 것이다
힘든 일은 어디서나 만난다
이렇게 힘든 일은 쉽게 지나가면서
사랑도 죽음도 쉽게 끝나고 쉽게 시작된다
힘들지만 쉽게

코기토, 사랑

너의 얼굴에서
내 일상의 고통과 역경이 비치고
너의 입에서
내 삶의 탄식 소리가 새어 나올 때

너의 눈에서
내 눈물이 흐른다

마스크족 인간

일련의 공습에 발맞추어
안개가 밀려온다
적의 위치는 파악 안 되고
일제히 마스크를 낀 인간들이 거리를 배회한다

바이킹족들은 한때 배를 타고 해적질을 하면서
남쪽 나라의 식량과 여자들을 약탈하면서
국가를 재건하더니
이제 세계 일류 복지국가가 되어 있고
앵글로 · 색슨족은 가는 곳마다 식민지를 만들면서
대륙과 대륙의 문명을 훔치더니
이제 천민자본주의의 수장이 되어 있다
오백 년이 흘러
중동 석유 국가의 빈부격차가 만들어낸 괴물이
자기 못난 줄 모르고 싸워대는 이 땅에 들어와서
전 국토를 헤집고 다니니
살아남으려는 이 땅의 종족들은
이제 일제히 마스크족이 되는구나

보이지 않는 적과 싸우는

준비 안 된 무지한 국민들이 할 수 있는 건

손을 씻는 의식행위를 마치고

일제히 얼굴을 가리는 것

부끄러운 우리가 할 수 있는 건

일제히 마스크족이 되는 것

구름감옥

구름감옥에 갇혔다
시간으로 정의된 미래와 과거를 잇는 통로이면서
블랙홀과 웜홀의 중간층이면서
자아와 타인을 잇는 관계이기도 한
빛과 물만으로 만들어진
구름감옥에 우리 모두 갇혔다

삼억만 년 전 지구가 생기고
육천오백만 년 전 공룡이 멸종하고
사백만 년 전 인류가 나타났으나
인류에게 문화가 생긴 건 불과 만 년 전
인간의 정신체계가 파악된 건 불과 사천 년 전
구름감옥으로 둘러싼 지구에서 문명과 과학이 감옥을
뚫었다고 자위하지만
우주선과 의학의 발전으로 생명의 비밀이 밝혀졌다지만
빨라지고 높이 올라간 인류의 능력은
지구 생명의 멸종 속도도 빠르게 단축시켰다

구름감옥에 갇혔다

지구상 현존하는 일만 종의 동물 속에서
일백 년에 이 개 종이 사라지던 멸종 속도가
이천 년대 들어 백 배나 빨라지면서
지난 일백 년간 이백이십 종이 사라지고
다음 세기 중 멸종 대상 동물 중에
인류도 포함됨을
구름감옥은 가르쳐준다

구름감옥에 갇힌 우리에게
탈출할 수 있으리라 믿고 달려온 인류에게
삶은 단지 나타났다가 사라지는 현상이라고
나타났으니 존재했고
존재했으니 사라진다고
사백만 년 전으로 돌아가야 한다고
빛과 물만으로 만들어진
일상의 구름감옥이 가르쳐준다
돌아가야 할 때가 왔다고

* 2015년 6월 발행된 과학 학술지 『사이언스 어드밴스』에 게재된 미국 스탠퍼드·프린스턴·버클리대학 연구자들의 보고서에서 동물의 멸종 속도가 100배 이상 빨라지면서 지구가 여섯 번째 동물 대멸종 시기에 진입했다고 밝히고, 인간도 그 멸종 대상에 든다고 보고했다. 지구상의 지난 다섯 번의 대멸종은 주로 자연적인 이유 때문이지만 지금의 멸종 위기는 인간 때문이라고 보고서의 주연구자인 스탠퍼드대의 폴 에를리히 생물학 교수는 밝혔다.

사랑은 경계에 서서

사랑합니다
라고 말하는 순간
우리 사랑은 너무 추상적이어서
재현되지 못하는 구호처럼
허망하고 쓸쓸한 연기가 되고 만다

한번 표현된 사랑은
꿈을 재현하지 못하므로
우리 일상은 언제나 비장했고
더불어 삶은 행복해지지 않았다

사랑도 경계가 있어서
구체적이지 못하나 지속적이고
행복해지지 않으나 운명적이었으니
존재의 완성이 경계인 것처럼
표현되지 못한 우리 사랑은
경계에 서서 또 쓸쓸히 중심을 바라보며
삶 속에서 언제나 재현되고 있다

존재의 재발견

껌이 입안에서만 효용 가치가 있듯이
모든 존재는 장소에 의해
가치가 결정된다
입을 벗어나 거리나 담벼락에 붙은 껌처럼
존재의 효용성은
가끔 삶의 모호함을 말해준다

오늘은 내일의 과거이고
실현되지 못한 과거는 오래된 미래가 되듯이
존재는 시간에 의해 결정된다
어제 입은 상처가
내일이 되어도 치유되지 않는 건
존재의 덧없음이
시간의 방해에 의해 재현되기 때문이다

사각형의 테두리가 사각형을 결정하고
대한민국 땅끝이 국토를 완성시키듯이
존재는 경계에 의해 완성된다
현상학적인 존재가 아니라도

안테바신의 삶이
모든 존재의 완성인 것을 알고 나면
중심으로 치닫는 삶은
언제나 미완성인 것을 가르쳐준다

부모 형제 부부 동료 선후배의 관계 속에서
개인의 가치가 드러나듯이
존재는 관계에 의해 완성된다
수십 년간 쌓아온 자아도 남의 입장에서 보면
한갓 타자에 불과하듯이
자아와 타자가 동일체인 것을
말해주는 것은 관계이다
모든 생물은 다 아는 걸
인간만 모르는 게 있다
생명은 영원히 죽지 않는다는 걸
인간도 번식으로 영원히 살고 있는데

시간 속에서 장소 속에서
관계에 의해 경계에 의해

영원히 살고 있는데
식물도 동물도 다 아는 걸
인간만 모른다

나타났으니 존재했고
존재했으니 사라진다

문학은 음악의 말귀다

말하라
문학 이전에
존재 이전에
말에도 귀가 있는데
말이 말을 알아듣는데
음악이 문학에게 소리친다
말을 해야 알아듣니
말을 해야 말귀를 알아듣니
무슨 말이니
말해도 모르겠니
말하라고
말해도 말귀를 못 알아듣니
말하라
무슨 말인지 모르겠니
말하라고
문학 이전을 존재 이전을
말하라
말하라고

풋, 못 알아듣네
미술이 음악에게 화를 낸다
소리를 내야 알아듣니

위험한 달

생각에도 각이 있어서
누군가 다칠 수 있다는 걸
깨달으며 집으로 가는
골목길이 훤하다
중천에 뜬 달 때문인지
깨달은 건지 주워들은 건지
누군가 다친다면
생각도 위험하고 달도 위험한데
생각은 왜 많아서 각을 만들고
달은 왜 밝아서 골목의 상처를 다 밝히는지
또 누군가의 생각이 나를 다치게 한다면
그렇게 생긴 상처가 쌓이고 덧나서
일상이 되고 삶이 되고 역사가 된다면
치유될 수 있는 생각의 각은 없고
치유되지 않은 생각이 세월을 만드니
달빛에 찔려버린 오늘 밤
누군가의 생각의 각에 다쳐
깨달은 건지 주워들은 건지
저무는 위험한 하루가
또 세월을 만들고

욕망은 상처처럼 봄을 부르고

소수의 욕망이 다수를 상처 낼 때만
시의 르네상스는 오는가
결핍이 풍요를 무시할 수 있을 때만
시의 존재는 확인되는가

아프지 않았던 봄은 없었다
그해 4월
그해 5월, 그리고 6월
혼자 있으면 자꾸 눈물이 나서
단 한 줄도 나아가지 못한 채
사랑을 잃고도 쓸 수 있었던
한 시인을 부러워하며
봄은 목을 조으며
서서히 온몸을 감아 오르며
해마다 찾아오는데

얼마나 더 아파야
완전히 편안해질 수 있을까

시가 나를 바라보네

아침 일찍 출근을 하고
밀려드는 정해진 업무 속에 시간을 보내고
나는 일상 속에 어떤 시인인가
생각할 겨를도 없이
하루가 지나가면
시와 일상이 동시에 나를 짓누른다
나는 아직 시가 일상이 되지 못하고
일상이 시가 되지 못하는데
도망치듯 마주한 저녁 술잔 앞에서 문득
시가 나를 물끄러미 쳐다보네

시가 나를 바라보며 툭 던지네
시인이여 더 이상
시의 힘을 빌려
사물과 현상을 죽이지 말자
자연과 우주를 구원이라 말하지 말고
우연과 필연을 구별 짓지 말자
시인이여 더 이상
이미지의 힘을 빌려

생명과 소멸을 규격화하지 말고
일상을 은유화하지 말자
마침내 삶 자체를 죽이지 말자
삶 속으로 들어가
시 속으로 들어가
온전히 삶이 시가 되는 길을 찾아야지

찾으려고 해도 안 오던 시가
술잔 속에서 나를
물끄러미 바라보네
시가 나를 바라보네

여름은 가는데

여름을 다 누리고 나서야
계절이 주는 규범을 깨닫듯이
언어의 향락을 다 누리고 나면
언어의 계율을 만날 수 있다
시인이여
언어도 욕망임을 깨닫고 나면
그 빈자리에서 번지는
존재의 허탈함
여름이 가야 가을이 오듯이
다 소비하고 나서야 만나는
욕망의 그늘
그 쾌락과 고통의 오묘한 황금 비율
언어의 계절은
오늘도 요란히 지나가는구나

안개 속의 전투

싸워야 할 적이 뚜렷했을 땐
목표를 정하고 방향을 잡기가 쉬웠다
적은 언제나 안개 속에서 왔지만
결핍이 무기였을 때엔
시력과 청력은 오히려 또렷했기에
싸울 방법만 연구하면
서서히 적은 뚜렷해지고
전투는 언제나 가능했다
간혹 이기기도 하고
질 때가 더 많았지만
더불어 싸우는 동지도 많았고
목표와 방향은 누구에게나 동일해 보였다

이제 정부가 내여섯 번 바뀌고
일상이 투쟁이었던 목표도 바뀌고
개인의 행복이 국가의 행복을 추월해가는 시대에
몸을 던질 대의도 불투명해지니
적은 여전히 안개 속에서 오지만
모두가 행복해지기는 불가능함을 깨달은

몇은 취업으로 또 몇은 고시로
동지도 바뀌고 구호도 바뀌고
이제 적은 뚜렷이 보이지도 않는다

누구와 싸울 것인가
자유가 과잉인 방종의 시대에
누구는 촛불을 들고 광장 민주주의를 쟁취했다는데
예술가는 촛불 앞에서 자신의 변화를 보고
혁명가는 촛불 앞에서 사회의 변화를 보는데
이제 누구와 싸울 것인가
안개 속에서의 전투는 언제까지 갈 것인가
적은 또 어떤 모습으로 우리 앞에 나타날지
정부가 몇 번 더 바뀌어야
안개는 걷혀질 것인지

적은 언제나 안개 속에서 왔다

의정疑情 속에서 창발된 시학과 우주론

정효구(문학평론가·충북대 명예교수)

1. 의정이 시를 낳고

이규열 시인이 시집 원고를 전하면서 수화기 너머로 전송한 단 한마디 말은, '나의 시는 철학적이다'라는 것이었다. 철학? 철학! 철학… 나는 전화기 너머로 들려온 그의 자의식이 전한 언어를 암호처럼 받아 안고 그의 시를 읽어 나아갔다.

'철학적이다'라는 것은 무엇인가? 그것은 이미 그가 메타적 인간이라는 뜻이고, 메타적 인간답게 그의 두뇌와 몸 그리고 세포 하나하나에 환상의 무늬가 화려하게 색칠되었다는 것이다. 그는 세상을 '그냥' 살지 않고 질문하였으며, 그는 세상에 '멈춰 서지' 않고 집을 지었으며, 그는 세상으로부터 '물러서지' 않고 도전하였던 것이다. 말하자면, 그는 실재하는 세계를 가리키지 않고 해석된 세계를 언어화하였던 것이다.

철학은 사람을 밝게 한다. '철학哲學'의 '철' 자가 '밝을 철'

자 아니던가. 그러나 철학이 본래적인 의미에서의 시를 쓰게 하지는 못한다. 이러한 철학은 시 창작의 출발점이자 토대는 될 수 있을지 모르나 시의 근본이자 도달점은 될 수가 없다. 그렇다면 철학 대신, 아니 철학 이상의 그 무엇이 시에 필요하단 말인가? 그것은 바로 '의정疑情'이다. 의정이란 선불교 간화선에서 '화두 들기' 혹은 '화두 타파'의 과정을 통하여 나타나는 것으로 만사와 만유를 압축한 '한 물음' 앞에서 문門 없는 의심을 이어가며 마침내 우주의 실상에 도달하는 것이다. 이 의정은 철학을 포함하지만 철학을 넘어서는 것이고, 철인을 사랑하지만 철인을 넘어서는 것이며, 자의식을 아끼지만 그 자의식을 넘어서는 '수행과 수도'의 차원이자 행위이다.

필자가 보기에 이규열 시인의 철학은 이런 '의정' 쪽에 가깝다. 그는 첫 시집 『왼쪽 늪에 빠지다』(1999)에서부터 두 번째 시집 『울지 않는 소년』(2013)을 거쳐 이번의 세 번째 시집 『자기조직화 개론』에 이르기까지 이 의정의 도래와 조우, 지속과 발전, 성장과 성숙, 발효와 삭힘의 여정을 통과하며 시를 써온 것이다.

의정이 깊어질수록 세계는 실상에 가깝게 '스캐닝' 된다. 그리고 자유로워진다. 거기서 우리가 스캐닝한 것만큼 나도, 세계도 질적 도약을 하며 다른 존재가 된다. 그야말로 제대로 '보는 자'의 비경으로 나아가는 것이다.

이규열 시인은 이런 의정 속에서 무수히 많은 자아상과

세계상을 스캐닝하고 그에 깃든 자유의 신비를 말하고 있는데, 그 가운데서도 단연 공력을 들여 이들이 금강석처럼 압축되는 데까지 나아간 것은 시와 시인 그리고 시인됨의 세계를 스캐닝한 것이다. 그가 정진하듯 시와 시인 그리고 시인됨에 대하여 스캐닝한 풍경에는 순정하고 순수하며 무한한 애정과 신뢰, 기대와 외경, 그리움과 동경, 지향과 다가섬이 깃들어 있다. 그는 첫 시집부터 이번의 세 번째 시집에 이르기까지 바로 이 시와 시인 그리고 시인됨에 대하여 누구보다 오래 사유한 내밀하면서도 강력한 문장을 전달한다.

그는 첫 시집에서 '시를 적는 이유 하나만으로 너를 용서하마'(「왼쪽 늪에 빠지다 4」), '시로써 질병을 대체하려고 했던 우리들의 무모한 시도'(「왼쪽 늪에 빠지다 7」), '골수염 같은 내 시여'(「왼쪽 늪에 빠지다 9」) 등과 같은 대책 없이 간절하고 푸릇한 청년기의 언어로 시의 본원상에 접근하다가, 두 번째 시집에 이르러서는 중년기의 단호하고 배타적일 만큼 강력한 선언적 어조로 '시는 문학의 성기'(「코기토, 꽃, 시」)이며 '(시인이란) 접붙이지 않고도/스스로 자라는 단종 식물'(「코기토, 시인」)이고, '교배하지 않고도 스스로 꽃피는 무성 생식자'(「코기토, 시인」)와 같은 것이라고 시의 독립선언을 선포한다. 이런 독립선언은 또한 다른 작품들 속에서 '시는 스스로 진화하는 자'(「종의 기원」)이고 '문자가 있기 전에 있던 자'(「종의 기원」)이며 '아직도 미래의 천사'(「詩」)라고 규정해버림으로써 접근 불가의 성역화 내지 신성화의

지대를 설정해버린다. 그러니까 그가 스캐닝한 시와 시인과 시인됨은 자연의, 자발의, 자력의, 자율의, 자존의 '절대적'인 그 무엇이다. 그는 시와 시인과 시인됨에 대한 훼손할 수 없는 신성의 '이데아'를 품고 살아온 것이다.

이런 시관과 시적 이데아의 황홀 속에서 이규열 시인은 『자기조직화 개론』이라는 세 번째 시집과 그 속의 언어들을 탄생시키는 데 이른다. 이 시집은 그가 첫 시집을 출간하고 나서 약 25년이 지난 후에 출간된 시집이다. 그만큼 의정의 긴 시간을 통과한 시집이다. 여기서 그의 시관과 시적 이데아는 아연 새 단계와 새 차원을 맞이한다. 그는 이제 시와 시인과 시인됨을 주체인 자신의 간섭으로 대상화하여 바라보지 않고 그들이 오히려 자신을 대상화하여 역으로 바라보는 데로 대전환의 시간을 만들어낸다. 달리 말하면 이 시집에서 그에게 시와 시인 그리고 시인됨의 세계는 무엇보다 우선한 시어의 주체이자 발화자이다. 그리고 그는 이들의 언어를 겸허하게 듣고 수용하는 객체이자 수신자가 된 것이다. 그는 낮은 자리에서 주체이자 발화자인 시와 시인과 시인됨의 언어를 받아 적는 청자이다. 그 받아 적음에서 핵심적인 문장은 '시인이여 더 이상 삶과 세계 자체를 시의 힘으로 죽이지 말라'(「시가 나를 바라보네」)는 것이다. 여기서 강하게 주목을 끄는 것은 '시의 힘'과 그것의 오용이다. 부연하자면 '시의 힘'에 대한 무지와 남용과 왜곡과 폭력이다. 이규열 시인은 시라는 이름의 이와 같은 오용과 반지성을 알아채고 더 이상 '시의 힘'을 쓰지 않으려고 한다. 그동안 그가 '시의 힘'을 써서 무엇인가를 하고자 도모했다면 그는 이제 '시의 힘'을 더 이상 쓰지 않는 자가 되고자 하는 것이다. 시는 시이고 시의 것이다. 시는 시인이 아니고 시인의 것이 아니다. 따라서 그는 이 시의 이름으로 더 이상 자신과 세계의 주관화에 참여하고자 하지 않는다. 있는 그대로의 세계를 보고, 드러내고자 하는 것이다. 그의 무르익은 의정이 마침내 그가 자기 자신과 동일시한 시, 그가 시를 쓰고 있다는 현실, 그야말로 자신이 시인이라는 인식조차 의심하고 시 자체, 시인 자체, 시인됨 그 자체를 본래 자리로 되돌리게 한 것이다. 이제 이규열 시인에게 시와 시인과 시인됨은 독립 선언의 대상이 아니라 이미 독립된 실재 그 자체이다.

2. 의정이 의왕을 가리키고

이규열 시인은 정형외과 의사이자 교수이다. 그는 의학의 근본인 과학을 알고, 의과학의 응용인 의술을 익혀서 세상에 펼치는 자이다. 의학의 근본인 과학은 현대에서 진리의 권위적인 영역이다. 의학의 현실태인 의술 또한 현대에서 최고로 권위적인 진리의 영역이다. 그런 점에서 이규열 시인은 두 개의 현대적인 진리의 성역을 지니고 있는 셈이다. 그는 과학으로 훈련된 과학인의 목소리를, 과학기술로 훈련된 의료인의 목소리를 낼 수 있는 것이다.

그러나 그는 자신을 과학과 의학의 영역에 가두고자 하지 않는다. 그는 과학과 의학을 넘어서고자 한다. 거기서 그는 의철학자이며 의인문학자이다. 그러나 그는 여기에도 자신을 제한시키고자 하지 않는다. 그는 의예술가이자 의수행자가 되고자 하는 꿈을 꾼다. 말하자면 그는 '의정'을 지닌 예술가이자 수행자의 길을 사랑하는 것이다. 그는 과학과 의학, 철학과 인문학을 알고 있지만 그것을 넘어선 의정의 최종 길에 진입한 것이다. 그 진입의 끝자락에 있는 삶과 우주의 실상이자 진리가 그를 부르고 놓아주지 않는 것이다. 그는 그 부름의 목소리를 이미 들어버린 자로서 의사의 이름을 빌려 의료인이 되고, 시인의 이름을 빌려 시를 쓰고 있다.

석가모니 붓다의 별칭이자 존칭 가운데 하나가 '의왕醫王'이자 '심의왕心醫王'이다. 인간들이 자신은 물론 세계를 오인함으로써 고통스러워하는 것을 보고 그들에게 삶과 우주의 진리를 알림으로써 고통을 줄여주고자 한 성인, 그가 석가모니 붓다이고 그의 애칭이 의왕 혹은 심의왕이다. 석가모니 붓다를 이렇게 의사의 환유물로 인식한 것은 의미심장하다. 그는 본래 아플 것이 없는 우리를 본 자이고, 그럼에도 불구하고 아파서 신음하는 우리를 본 자이며, 그런 우리를 아프지 않은 세계로 인도하고자 한 자이다.

이규열 시인이 의사라는 사실은 그가 '아픔'과 '고통'의 현실을 가장 많이 마주하고 있는 존재임을 말해준다. 그것은 그 자신의 아픔이란 좁은 경계를 넘어서는 인간 전체의 아픔이며, 목숨을 가진 모든 생명체 전체의 아픔이다. 아픈 자들을 평생 만나며 사는 사람! 그리하여 아픔을 화두로 삼고 의정에 들 수밖에 없는 사람! 그가 의사인 이규열 시인이다.

앞서 말했듯이 이런 이규열 시인은 과학, 의학, 의술, 의철학, 의인문학 등을 현실화하고 내면화한 시인답게 우리 시단의 다른 많은 시인들과 아주 크게 구별되는 색다른 언어와 지식 그리고 상상력을 보여준다. 이런 그의 시집은 지식과 소재, 상상과 언어의 측면에서 매우 새로운 시적 영역을 우리 시단에 열어 보이고 있는 것이다. 따라서 그의 시를 읽는 일은 동일한 이야기를 하더라도 다른 경로를 통하여 길을 갈 때에 느끼는 낯설음과 신선함을 경험하게 한다.

구체적으로 그가 첫 시집의 「왼쪽 늪에 빠지다」 연작 15편을 통하여 보여준 새로운 과학과 의학의 영역, 둘째 시집 『울지 않는 소년』의 「코기토」 연작 15편에서 보여준 의철학과 의인문학의 영역, 그리고 이번의 세 번째 시집 『자기조직화 개론』의 「자기조직화 개론」 연작 15편에서 보여준 의과학과 의우주학의 영역은 특별히 주목할 만한 우리 시단의 새 영역이다.

'고통'은 '의정'을 낳는다. 고통스럽기에 우리는 질문한다. 그리고 그것을 철학화하면서 수행의 영역인 '의정'으로 나아가 그 문제를 해결하고자 한다. 세 권의 시집에서 각각 대표적인 연작을 통해 이 '고통'에서 시작된 '의정'의 실례를 몇 가지만 제시해본다. 그것은 거의 일관되게 각 작품의 제목에 첨부된 에피그램 형식을 띠고 있다.

1. 인간의 오감은 일 초 동안에 일만 단위의 정보를 받아들이는데 뇌 속에서 처리된 일만 단위의 정보 중에서 우리 마음이 받아들이는 것은 일곱 단위 정도이며 나머지 구천구백구십 단위는 사라진다 일 초 단위로 사라지는 엄청난 양의 감성 속에서 다시 자의식을 끄집어내는 것이 좌뇌의 임무이다

—「왼쪽 늪에 빠지다 1」

2. 좌뇌는 언어나 이성의 힘을 담당하고 우뇌는 직감을 담당하며 현상이나 형태의 인식을 담당한다 우뇌에 비해 좌뇌는 문제해결에 탁월한 능력을 가지고 있다 그러나 그들의 해결능력은 좁고 사고한 것에 집착하는 경향이 있어 종종 절망을 대변하기도 한다

—「왼쪽 늪에 빠지다 2」

3. 좌뇌는 자신을 동정하지 않는다 그리곤 가끔 울부짖는 듯한 우뇌의 소리를 듣고는 깜짝 놀란다 이게 누구의 소리일까

—「왼쪽 늪에 빠지다 3」

4. 수동의 감정은 우리가 그 감정에 대한 명석관명한 관념을 형성한다면 즉시 없어진다—스피노자, 『에티카』에서

―「코기토, 아버지」

5. 물과 빛과 물질끼리의 당김만 있으면 생명은 어
디서나 만들어진다―스티븐 호킹

―「자기조직화 개론 2」

6. 살아오면서 가장 강력한 적은 나의 자아였다

―「자기조직화 개론 10」

인용문 1을 보면 오감과 마음 사이의 거리가 고통을 낳는
다. 그리고 인용문 2를 보면 좌뇌와 실상 사이의 거리가 고
통을 낳는다. 그리고 인용문 3을 보면 좌뇌와 우뇌 사이의
거리가, 인용문 4를 보면 감정과 관념 사이의 거리가 고통을
낳는다. 이어서 인용문 5를 보면 물질원리와 생명체 사이의
거리가 고통을 낳고, 인용문 6을 보면 자아와 실제의 거리가
고통을 낳는다. 고통은 인간 존재의 기본값이자 상수이다.
그 고통의 원인을 위 인용문 속에서 '거리'에 맞추어 해석해
보았다. 거리감! 달리 말해서 서로 하나가 될 수 없는 운명적
간극! 그 거리와 간극을 원죄라고 부른다면 인간은 이 원죄
를 품고 살아간다. 이규열 시인은 위 인용문에서 이런 원죄
이자 간극을 '과학적' 관찰 위에서 설명하였다.

이규열 시인이 의사로서 '고통'을 통하여 '의정'에 이르는
모습을 드러내고자 앞의 이야기를 꺼내보았다. 자신의 고통

은 물론 우리들의 고통을 평생 마주하면서 고뇌하는 의사로서의 '고통에서 의정으로' 이르는 길은 특별한 주목을 받아 마땅하다. 이규열 시인은 곳곳에서 '힘든 세상', '천형과도 같은 세상', '화석화된 세상'에 대하여 탄식하듯 힘겹게 토로한다. 도저히 고쳐지지 않는 치유 불능의 고통스러운 세상을 떠날 수도, 머물 수도, 외면할 수도 없는 현실을 두고 난처해하는 것이다.

그러는 사이 그의 의정은 깊어만 가고, 그는 치유자의 자리에서 더 멀리 길을 떠나버린 지혜인이 되어 있는 것이다. 그는 근본적인 치유자로서의 의왕이자 심의왕의 꿈을 가리키며 끝없는 길을 순례객처럼 가고 있는 것이다.

이런 가운데 그가 발견하여 발설한 최고의 실제상은 '자기조직화self-organization'라는 우주의 묘용이다. 이번 시집의 표제작이자 앞부분에서 15편의 연작으로 나타난 역작이자 문제작 「자기조직화 개론」에서 그 '자기조직화'의 묘용은 치유와 해결의 근본 이치가 된다.

자기조직화! 현대과학의 만물 인식과 세계 인식의 주요한 관점인 이 우주적 묘용의 한 모습은 '복잡계complex system'와 '열린계open system'의 감각을 가지고 만물과 세계의 자율적이며 불가사의한 상호활동을 알려주는 이론이다. 만유와 세계가 '스스로 그러해진다는 것', 달리 말해 '무위의 장'을 형성하고 있다는 것, 나보다 더 넓고 크고 복잡하고 연관된 작용이 무시로 발생하고 창발된다는 것이 그것이다.

필자는 이에 대하여 전문적인 식견을 갖고 있지 못하나 이는 『노자 도덕경』의 우주생성론을 떠올리게 할 뿐만 아니라 불가의 중중무진의 연기관을 떠올리게도 하고, 『역경』의 변화하는 역동적 균형과 그에 기반한 생성론 및 전일적 세계관을 생각하게 만들기도 한다.

요컨대 이규열 시인의 '고통'에서 '의정'으로 나아가는 치열한 수행의 과정은 그로 하여금 이런 우주적 이법이자 묘용에 눈뜨게 하였고, 그것은 더 멀리, 더 높이, 더 크게, 더 깊이 세계를 읽어내게 함으로써 '고통'을 다른 차원으로 전변, 승화, 중생重生, 고양하는 원천이 되었다.

이런 점에서 그는 여전히 수많은 환자들을 만나고 인생의 고통들을 대면하지만 이전과는 다른 고통의 철학자이자 과학자이고, 의사이자 시인이며, 일상인이자 사회인이 된다.

3. 의정이 '보디사트바'의 길을 열고

거친 표현이 허락된다면, 나에게 이규열 시인은 '부산 보살'의 표상으로 읽힌다. 길고 고된 의정의 시간을 거쳐 그는 '보살(보디사트바)'의 표정을 만들어낸 것이다. 나는 누구인가, 너는 누구인가, 우리는 누구인가, 고통이란 무엇인가, 시란 무엇이며 삶이란 무엇인가, 그리고 세계란 무엇이며 우주란 무엇인가와 같은 끝도 없는 근본적인 질문을 품어 안고 그는 '고통'을 출발점으로 삼아 그 고통 속에서 의정의 밀실 속으로 진입하였고 그것은 마침내 세 번째 시집에서 '자

기조직화'의 세계를 보는 데까지 나아가는 진경을 만들어
내었던 것이다. 이 자기조직화의 근본 토대이자 세계란 '열
린계'와 '복잡계'가 되거니와, 이들이 시사하는 것은 이 세
계야말로 무한한 열림과 영원한 생성의 신비로운 창발적 묘
용 속에 있다는 것이다. 이처럼 한 존재가 닫힌계에서 열린
계로, 그리고 단순계에서 복잡계로 차원 변이를 하며 비약
하고 전변될 때, 존재의 유아성은 무아성을 지향하고, 현상
성은 영원성을 가리키며, 사유화는 우주화를 시연한다.

　보살이란 다름 아니라, 이렇게 자아의 확장이 일어난 사
람이요, 자아를 우주적 감각 속에 놓고 볼 수 있는 사람이
며, 자아라는 말이 점점 묵언으로 희미해지는 '보편적 자아
universal I'가 되어 살아가는 사람이다. 이런 자아성장과 자아
성숙 그리고 자아초월의 고처高處를 담아낸 '자기조직화'의
과학성, 인문성, 종교성, 수행성 등이 한껏 융합되고 통섭되
고 회통된 시집이 바로 이규열 시인의 세 번째 시집인『자기
조직화 개론』이다.

　　나는 아무것도 아니다
　　정자와 난자가 만나 수정이 되고 그렇게 만들어진
　　배아는 삼 주 만에 장기의 전 단계인 중배엽이 된다 사
　　주가 되면 중배엽은 사십사 개의 체절somite이 되어서
　　각각의 장기로 분화되어간다 이 엄청난 세포분열에
　　관여하는 특이한 인자가 있다고 추정되고 일부 학자

들은 CPH4라고 부르나 아직 밝혀지지 않고 있다

　나는 아무것도 할 수 없다

　폭발적인 세포의 확산과 분열 속에 이만 개의 유전
자가 만들어지고 이 유전자들은 아홉 개의 연결망인
부울리안 네트워크를 형성하여 인체에 직접적으로
작용하는 이백오십여 개의 마지막 유전자 형태로 귀
결되어진다 현재 거의 완성되어진 유전자 지도의 시
작은 컴퓨터와 마찬가지로 두 개의 기호로 시작되었
다 이만 개의 유전자 중에서 현재 활동하는 이백오십
여 개의 유전자를 빼고 몸에 남아 있는 일만구천칠백
여 개의 유전자는 삼백만 년이 된 현 인류의 역사다

　나는 아무것도 아니며 모든 것이다

　우주의 시스템인 계는 서로 상호작용을 하며 보완
연결 되어 있는데 정치계, 경제계, 문화계 같은 개념
적인 계에서 우주계, 의료계, 생태계 같은 물리적인
계에 이르기까지 모든 계의 출발은 혼돈이었다 정례
화되지 않은 계와 사물의 존재 이치는 혼돈과 창발과
자기조직화에 의해 서로 작용하고 연결되어진다

　나는 아무것도 할 수 없으며 모든 걸 할 수 있다

　만물을 연결 짓는 관계망 속에서 부분이 전체가 되

고 전체가 부분이 되는 순환은 계속되며 생성과 소멸
도 동시에 진행된다 만델브르트우주론에서 밝혀진
만물의 연결고리 이론은 화엄경의 인드라망 이론으
로도 이미 밝혀져 있으며 나는 우주가 되고 우주가 나
의 몸이다

　나는 아무것도 아니며 아무것도 할 수 없으며 일어
나는 모든 우주만물의 현상과 이론들과 함께 연결되
어 있는 모든 것이며 모든 걸 할 수 있다
　　　　　　　　　　　　　　　—「자기조직화 개론 13」전문

　위 시는「자기조직화 개론」연작 15편 가운데 한 편이다.
이는 앞서 말한 시집『자기조직화 개론』속의 주제어이자
열쇠어인 '자기조직화'의 과학성, 인문성, 종교성, 수행성
등을 복합적으로 잘 담아낸 작품이다. 그러면서 이들이 단
순한 지식이나 정보의 차원이 아니라 시인이 첫 시집부터
품어 안은 '의정'의 머나먼 길 속에서 독각승獨覺僧처럼 체득
하고 도달한 '보디사트바'의 세계를 알려주고 있는 작품이
다. 실로 한 인간이 자신의 생애 동안 축적한 일체의 정보와
경험 그리고 지식들이 단순히 도구적인 것으로 끝나지 않고
지혜와 진리의 차원으로 숙성될 때 인간들은 누구나 범인
의 전면적인 길에서 성인의 다른 길로 접어든다. 그러나 세
상은 너무나도 도구적인 중생적 시장과 전장 속에 나뒹굴고

있기 때문에 인간들이 그 성인의 다른 길을 열어간다는 것은 여간 힘든 난제가 아니다. 그런 점에서 이규열 시인이 밀실 속의 무문관과도 같은 고독한 세계 속에서 홀로 품어 안고 익혀왔던 '의정'으로부터 성인의 다른 길에서 만날 수 있는 '보디사트바'의 세계를 맞이하게 된 것은 특별한 주목을 받을 만하다. 이규열 시인은 위 인용 시에서 이런 다른 길로서의 성인의 길을 흠모하며 그가 의정과 사유의 끝에서 얻은 최종적인 말들을 선언하듯 각 연의 앞자리에서 단호하게 역설한다.

> 나는 아무것도 아니다
> 나는 아무것도 할 수 없다
> 나는 아무것도 아니며 모든 것이다
> 나는 아무것도 할 수 없으며 모든 걸 할 수 있다

그의 위와 같은 역설적이고 복합적인 자기성찰과 자아규정은 '자기조직화'라는 객관적 세계인식과 그 실제 속에서 나온 지혜이자 지혜 담론으로서 의미를 지닌다. 그는 물리적, 화학적, 생물학적, 심리적, 인문학적, 사회적, 종교적, 수행적 차원 등을 종합하고 가로지르는 가운데 세계를 전일적으로 본 결과 이런 안목과 결론에 도달한 것이다. 여기서 그는 자기부정과 자기긍정, 자아축소와 자아확대, 자아소멸과 자아생성, 자아제한과 자아무한을 동시에 하나로 종합하고 포월하는 현실적 초탈의 감각과 중력 너머의 무한의식을 피력한다. 말하자면 그는 극미의 실재이면서 극대의 우주인 만유와 존재 그리고 자기자신을 자각한 것이다. 그런 점을 요약하듯 결론 삼아 제시한 부분이 위 시의 마지막 연이다. 그는 여기서 '나는 아무것도 아니며 아무것도 할 수 없으며 일어나는 모든 우주만물의 현상과 이론들과 함께 연결되어 있는 모든 것이며 모든 걸 할 수 있다'고 말한다.

이렇게 볼 때 대역설의 안목이 열리고 그 증득이 이루어진다는 것, 그 대역설의 안목과 증득을 이루기까지 의정이 지속된다는 것, 그 의정과 안목의 열림 및 증득 속에서 '보디사트바', 곧 보살의 진정한 길이 열린다는 것을 생각해볼 수 있다.

보디사트바! 그것은 '의정'을 지닌 자에게만 찾아오는 대선물이다. 그 선물을 받기까지 의정은 계속된다. 그러나 그 선물을 받은 후에 보살은 첫 자리로 귀환한다. 그 첫 자리는 바로 범속한 우리가 살아가는 탁한 세상이자 사하촌이다. 거기서 그들은 표나지 않게 그가 밝아진 만큼의 삶을 살아간다. 통도사의 주요 암자 가운데 하나인 서축암의 고승대덕인 종범宗梵스님은 이런 보살의 수행을 두고 오전수행悟前修行과 오후수행悟後修行으로 나누어 잘 설법해주신다. 깨치기 이전의 깨침으로 나아가는 수행과, 깨치고 난 후의 깨친 자로서의 수행의 삶을 각각 구별해주시는 것이다. 나는 이규열 시인의 의정과 수행이 어느 곳쯤에 가 있는지 확실하게 모른다. 그러나 그가 깨친 만큼의 밝음을 이 세상에 되돌려주는 보디사트바의 길을 품어 안고 산다는 것만은 머뭇거림 없이 말할 수 있다.

  그의 첫 번째 시집부터 이번의 세 번째 시집 『자기조직화개론』에 이르는 과정 속에 나타난 수많은 시어들 가운데 '사랑'과 '공양'이라는 말에 특별히 주목해본다. 그러나 미리 짐작해서는 안 된다. 그의 사랑론과 공양론은 냉정하고 복합적이며 '자기조직화'를 말할 만큼 비인간적이자 초인간적이다. 다시 말하자면 사실적이며 객관적이고 실제적이다. 이것은 그의 보디사트바 인식이 우주적 진리와 인간적 진실을 합일하고자 하는 마음에 닿아 있다는 뜻이다.

  우리의 사랑은 선택이었을까
  사랑은 당김이고 당김은 중력이다
  그대와 나의 당김은 선택이었을까

  바람의 힘으로 사랑은 시작되었고
  사랑의 힘으로 만난 정자와 난자는
  수정에 성공한 지 삼 주 만에 배엽이 생기고
  사 주 만에 장기가 되기 위한 구역화에 들어간다

  바람의 힘으로 사랑은 시작되었지만
  사랑을 지속하려는 의지와 노력이

호르몬을 만들고 피를 만들고
심장을 만들고 뼈와 관절을 만든다

우리의 당김은 사랑이었을까
지속되는 사랑은 빛과 물의 도움을 받아서
눈을 만들고 귀를 만들고 입을 만들고
지식을 만들고 지혜를 만든다

사랑은 욕망이었다가 절제였다가
사랑의 세포는 생성이었다가 소멸도 일으킨다
당김은 세포증식 같은 욕망에서 출발하니
욕망에 근거하지 않는 생명이 어디 있으며
하물며 사라지지 않은 생명이 또 어디 있느냐

우리의 사랑은 선택이었을까
소멸되어가는 우리의 사랑은 어디서 또 생겨나
육체를 만들고 정신을 만들고
지구를 만들고 우주를 또 만들까

―「자기조직화 개론 2」 전문

　위에서 보듯이, 이규열 시인의 사랑론은 '복잡계'와 '열린
계'의 우주적 묘용 속에서 직관되고 이해된다. 그는 이런 사
랑론에 근거하여 보디사트바의 길을 가고 삶을 산다. 말하

자면 세계의 실상을 스캐닝한 자리에서 그 스캐닝한 내용을 담고 보디사트바의 인생을 경영하는 것이다. 시의 전문을 읽어가면서 느꼈겠지만 이는 참으로 수준 높은 사랑론이자 인생론이다.

그의 공양론에 대해서도 한번 살펴보기로 하자. 이규열 시인은 '사랑'이라는 말을 무수하게 등장시키는 데 비하여 '공양'이란 말을 그렇게 자주 사용하지는 않지만 이 공양론을 '보디사트바'의 길에 연관해 논의해볼 수 있는 것이다. 아래의 작품을 보기로 하자.

　　　　어두운 새벽 집을 나서면
　　　　속절없는 하루는 또 시동을 건다
　　　　죽어가지만 그 사실을 모른 채 살아가는 것들을
　　　　사랑하게 만드는 오늘 하루는
　　　　새벽을 지나온 빛의 재현 속에
　　　　어김없이 우리를 가르친다
　　　　비워야 채울 수 있다
　　　　그러나 누구라서 알겠느냐
　　　　끝없이 얽혀 있는 씨줄과 날줄의 일상 속에
　　　　비워야 할 때가 언제인가를
　　　　어디까지 비워야 다시 채울 수 있는가를
　　　　고요와 혼란이 뒤섞인 채
　　　　생성과 소멸은 끝없이 반복되는데

들숨과 날숨의 노동 속에 하루는 스며들고

누구라서 알겠느냐

죽어야 다시 살아날 수 있음을 가르치는

그대의 하루가 공양이고

우리의 하루가 종교인 것을

아, 어김없이 시작되는 오늘 하루는

또 얼마나 섬뜩하고 위대한지

—「위대한 하루」 전문

얼핏 보면 일상의 하루를 다룬 흔한 시 같지만 그 속을 들여다보면 그의 실재론과 우주론이 이 '하루'의 '일상' 속에 내재한 것을 보여주는 심각한 작품이다. 그는 이 하루와 일상에 깃든 '자기조직화'의 묘용을 본다. 앞서 여러 차례 언급한 '복잡계'와 '열린계'의 창발적 세계가 작동하는 모습을 보는 것이다. 따라서 일상이자 하루는 위 작품의 뒷부분에서 강조되듯이 '공양'이고 '종교'이다. 그는 '어김없이 시작되는' 하루와 일상을 가리켜 '섬뜩하고 위대하다'고 모순어법을 사용해 말하며 한자리에 앉힌다. 그러면서 그것들을 '공양'과 '종교'로 등식화한다. 여기서 우리는 그의 '보디사트바'의 길이 지닌 특별한 냉정함과 숭고성을 단단한 세계 인식 속에서 만난다.

4. 글을 맺으면서

이규열 시인의 시를 읽는 특별한 기쁨이 몇 가지 있다. 그것은 그가 물리와 화학, 생리와 생물학을 포함한 자연과학의 전문지식을 시의 세계인식과 세계사유의 토대로 삼고 있다는 점과 이들의 응용과학이자 응용세계인 의학과 의술을 또한 시의 세계인식과 세계사유의 근거로 삼고 있다는 점이다. 그리고 여기서 더 나아가 이들을 인문학적 사유의 안목으로 재발견하고 재해석하며 시의 한가운데에 휴머니즘의 가치를 두고 있다는 점이다.

하지만 앞의 본문에서도 말했듯이, 이규열 시인의 시를 읽는 진정한 기쁨의 또 다른 차원이 있다. 그것은 그의 시적 사유와 세계인식이 수행이라 일컬어져서 마땅한 이른바 '의정'의 성격을 띠고 있다는 점이다. '의정'이란 철학의 성격이 있지만 그 철학을 넘어서고, 심리학적이지만 그 심리학을 넘어서며, 종교적이지만 그 종교학을 넘어서는 동아시아 선불교의 화두참구 방식이자 현상이다. 의정 속에서 세상은 모두 질문의 대상이 되며, 자아는 세상 그 자체와 하나가 되어가면서 무아를 가리킨다.

이규열 시인의 시는 이 '의정'의 산물이다. '의정'의 끝은 온전한 깨침이고 진리 그 자체와의 합일이다. 그때 언어는 더 이상 필요하지 않다. 그러나 이 의정이 지속되는 한 이규열 시인은 시를 쓸 수밖에 없을 것이다. '의정'이 살아서 지속되고 있는데 어떻게 그가 시를 쓰지 않을 수 있겠는가. 그에게 시는 '교배하지 않고도 스스로 꽃피는 무성생식자'와 같은 '절대의 그 무엇'이었으며 그 시가 주체로서 그를 대상화하여 바라보는 경지로까지 나아갔는데 그가 의정 속에 있으면서 어떻게 시 쓰기를 멈출 수 있겠는가.

모처럼 '의정'이 낳은 시를 읽은 셈이다. 이 길은 대책 없이 깊고 외진 길이지만, 인간으로서 갈 수 있는 고처高處의 숨길이기도 하다. 인간들은 그 숨길을 가면서 진리 그 자체, 실상 그 자체, 본성 그 자체를 자신이 공부한 만큼 엿볼 수 있고, 그 세계를 나침반으로 삼아 미망의 현실을 헤쳐 나아가는 밝은 눈을 가질 수 있다.

자기조직화 개론

1판 1쇄 인쇄	2025년 4월 21일
1판 1쇄 발행	2025년 4월 21일
지은이	이규열
펴낸이	임양묵
펴낸곳	솔출판사
총괄이사	박윤호
편집	윤정빈, 임윤영
경영관리	박현주
주소	서울시 마포구 와우산로29가길 80(서교동)
전화	02-332-1526
팩스	02-332-1529
블로그	blog.naver.com/sol_book
이메일	solbook@solbook.co.kr
출판등록	1990년 9월 15일 제10-420호

ISBN   979-11-6020-210-6   (03810)

- 잘못된 책은 구입한 곳에서 바꿔드립니다.
- 책값은 뒤표지에 표시되어 있습니다.